O invisível de Marcos e Anamaria

Texto de Anamaria Pereira Moreira

Ilustrações de Mariane Moser Bach

Saíra
EDITORIAL

Copyright do texto © 2021 Anamaria Pereira Moreira
Copyright das ilustrações © 2021 Mariane Moser Bach

Direção e curadoria	Fábia Alvim
Gestão comercial	Rochelle Mateika
Gestão editorial	Felipe Augusto Neves Silva
Direção de arte	Matheus de Sá
Diagramação	Luisa Marcelino
Revisão	Lívia Sibinel

Dados Internacionais de Catalogação na Publicação (CIP) de acordo com ISBD

M838i   Moreira, Anamaria Pereira

O invisível de Marcos e Anamaria / Anamaria Pereira Moreira ; ilustrado por Mariane Moser Bach. - São Paulo, SP : Saíra Editorial, 2021.
24 p. : il. ; 18cm x 18cm.

ISBN: 978-65-86236-33-0

1. Literatura infantil. I. Bach, Mariane Moser. II. Título.

CDD 028.5
CDU 82-93

2021-1805

Elaborado por Odilio Hilario Moreira Junior - CRB-8/9949

Índice para catálogo sistemático:
1. Literatura infantil 028.5
2. Literatura infantil 82-93

Todos os direitos reservados à

Saíra Editorial
Rua Doutor Samuel Porto, 396
Vila da Saúde – 04054-010 – São Paulo, SP
Tel.: (11) 5594 0601 | (11) 9 5967 2453
www.sairaeditorial.com.br | editorial@sairaeditorial.com.br
Instagram: @sairaeditorial

*Para Daniella Giuliana, amada, companheira e amiga.
E para Ariane Moreira, melhor irmã e educadora especial do mundo.*

Marcos era menino cego de nascença
e, por não enxergar as pessoas,
aprendeu a tocar com carinho as coisas
e, mesmo sem ver, sentia melhor que o resto do mundo.

E assim ele ia... caminhando...
sentindo as flores pelo caminho
com seu potente narizinho!

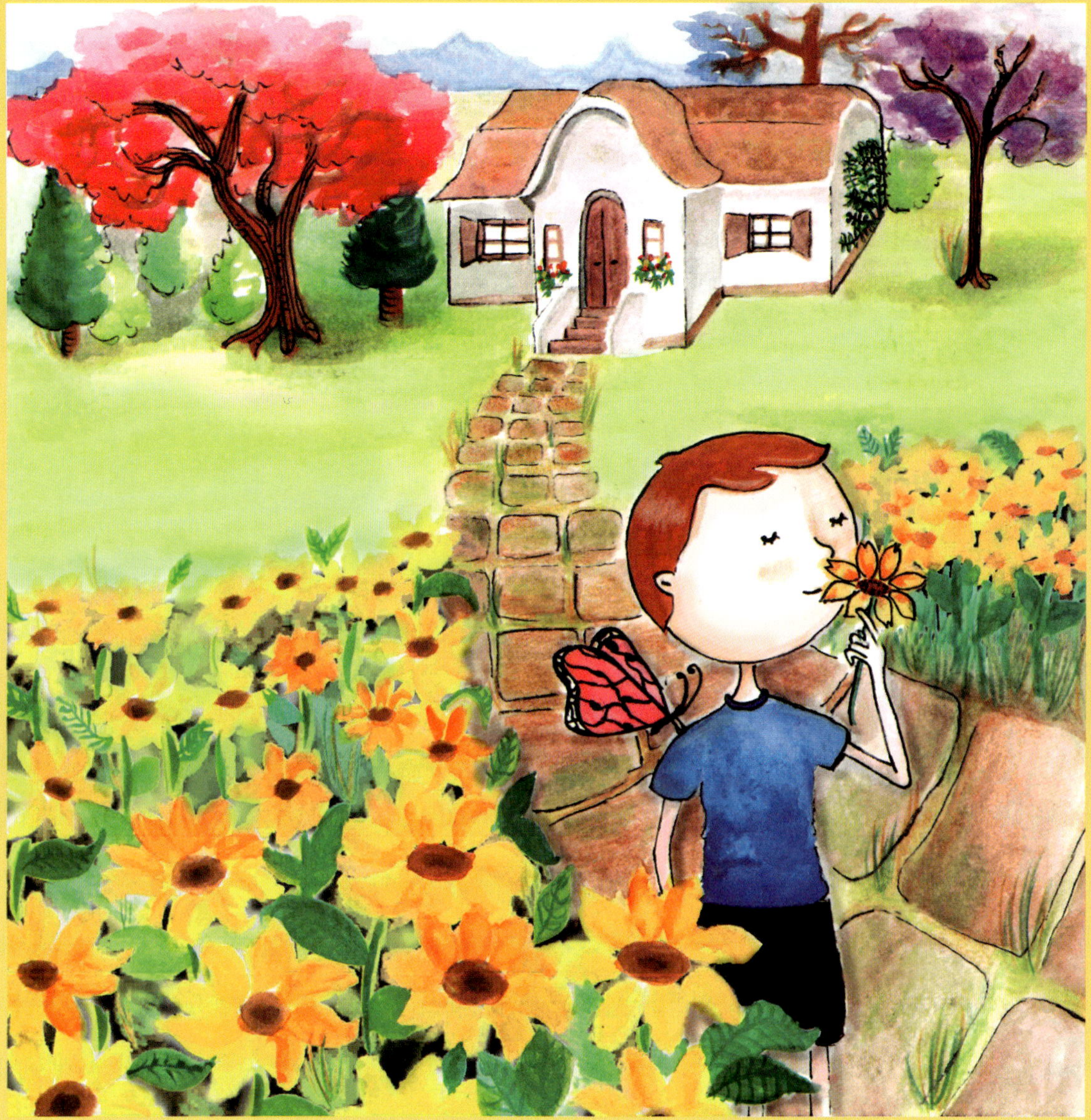

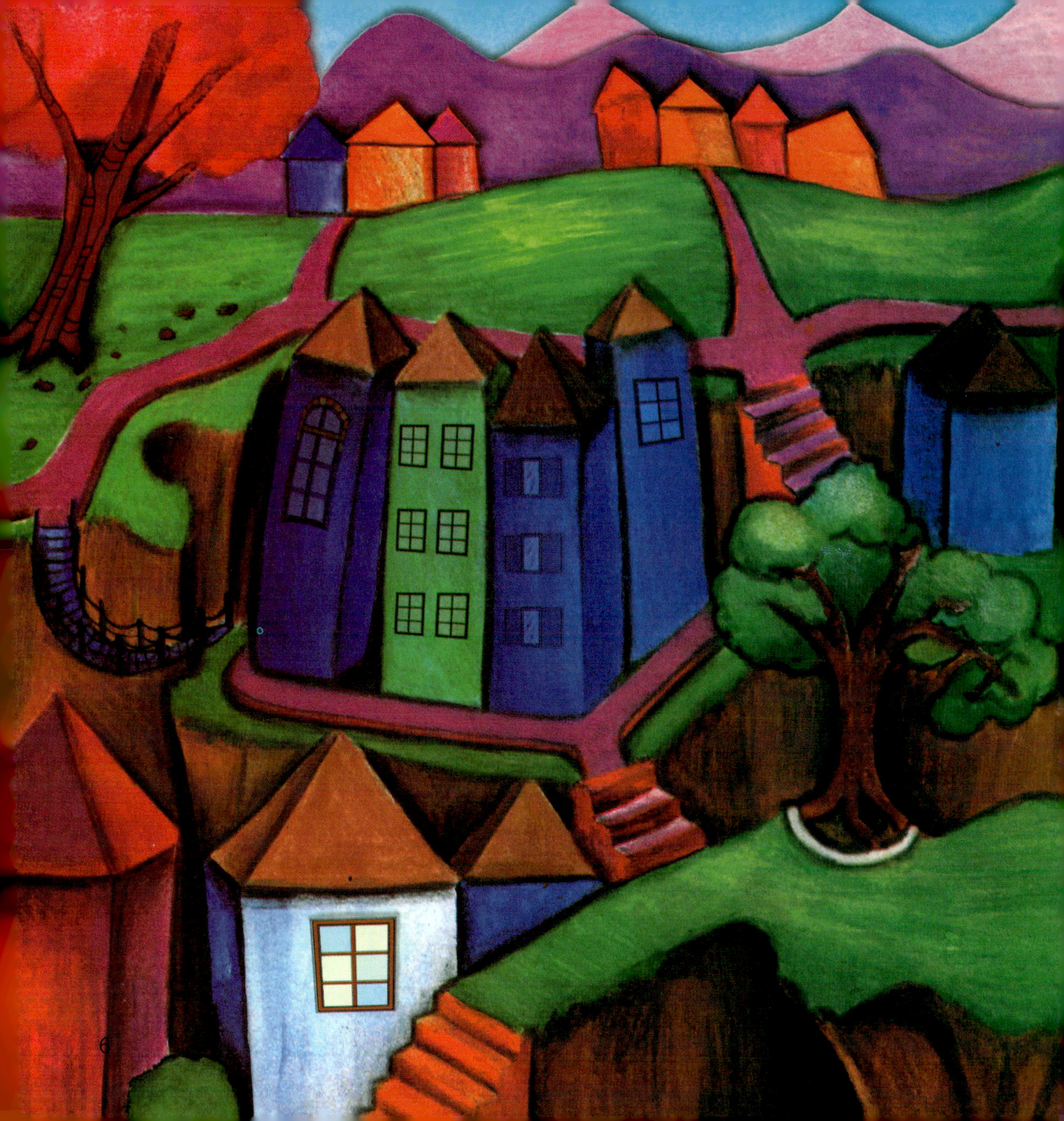

Parecia que, por ele não ver o mundo,
o mundo devolvia esse não olhar.
E faziam calçadas altas, que o levam a tropeçar.
Ninguém o ajudava este planeta a trilhar.
Parecia que a vida só lhe dava ignorar.

Só que não era assim...
E, todo dia, em sua caminhada matutina
esperava por ele uma linda menina!
A menina invisível, que por ele se afeiçoara.
E, todo dia, ela se punha no trajeto dele.
Só que o menino para ela não olhava.

A menina invisível era mesmo enfezada e, depois de tanta invisibilidade, para ele gritou:

Ô menino do nariz empinado, que de tão soberbo tropeça no próprio pé, não sabe cumprimentar, não?

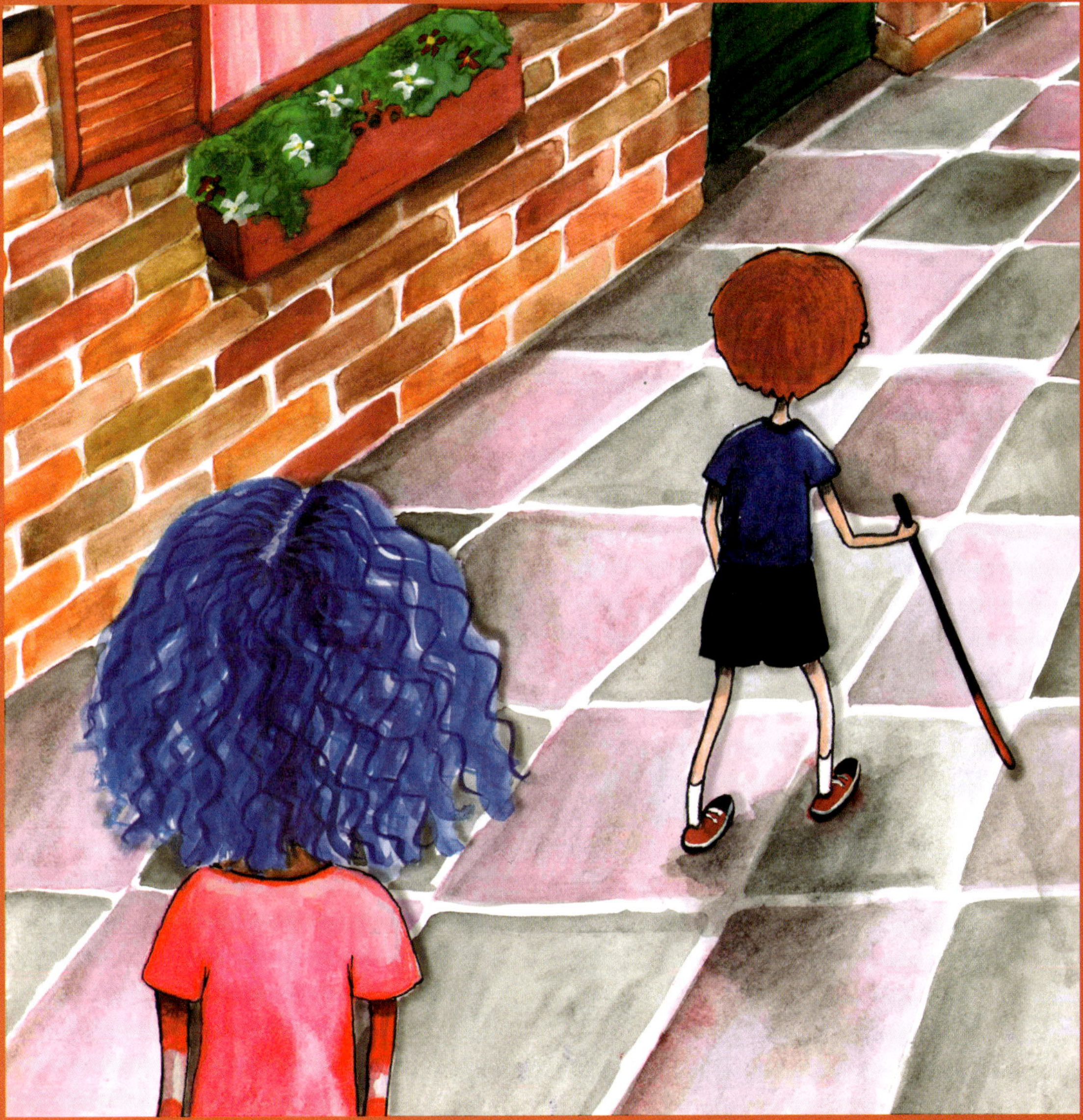

O menino nem sequer ligou,
acostumado a não ser visto.
Pensou que não era com ele
e mais uma vez a ignorou.

A menina invisível sentiu-se muito humilhada.

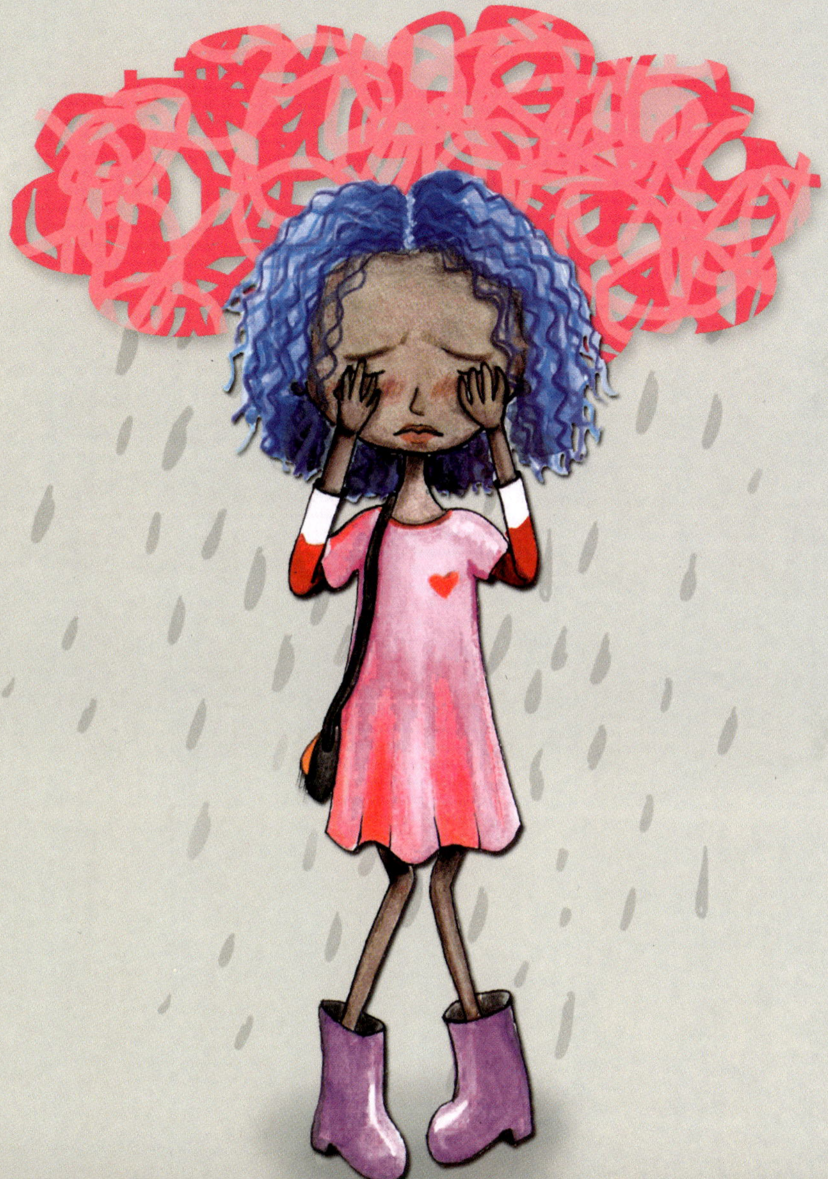

O menino, mais uma vez, cruzou o seu caminho.
Ela fazia olhinhos para ele espichados.
Ele, mais uma vez, não sentiu sua presença
e cavalgava sua bengala, como um vaqueiro com seus cavalos.

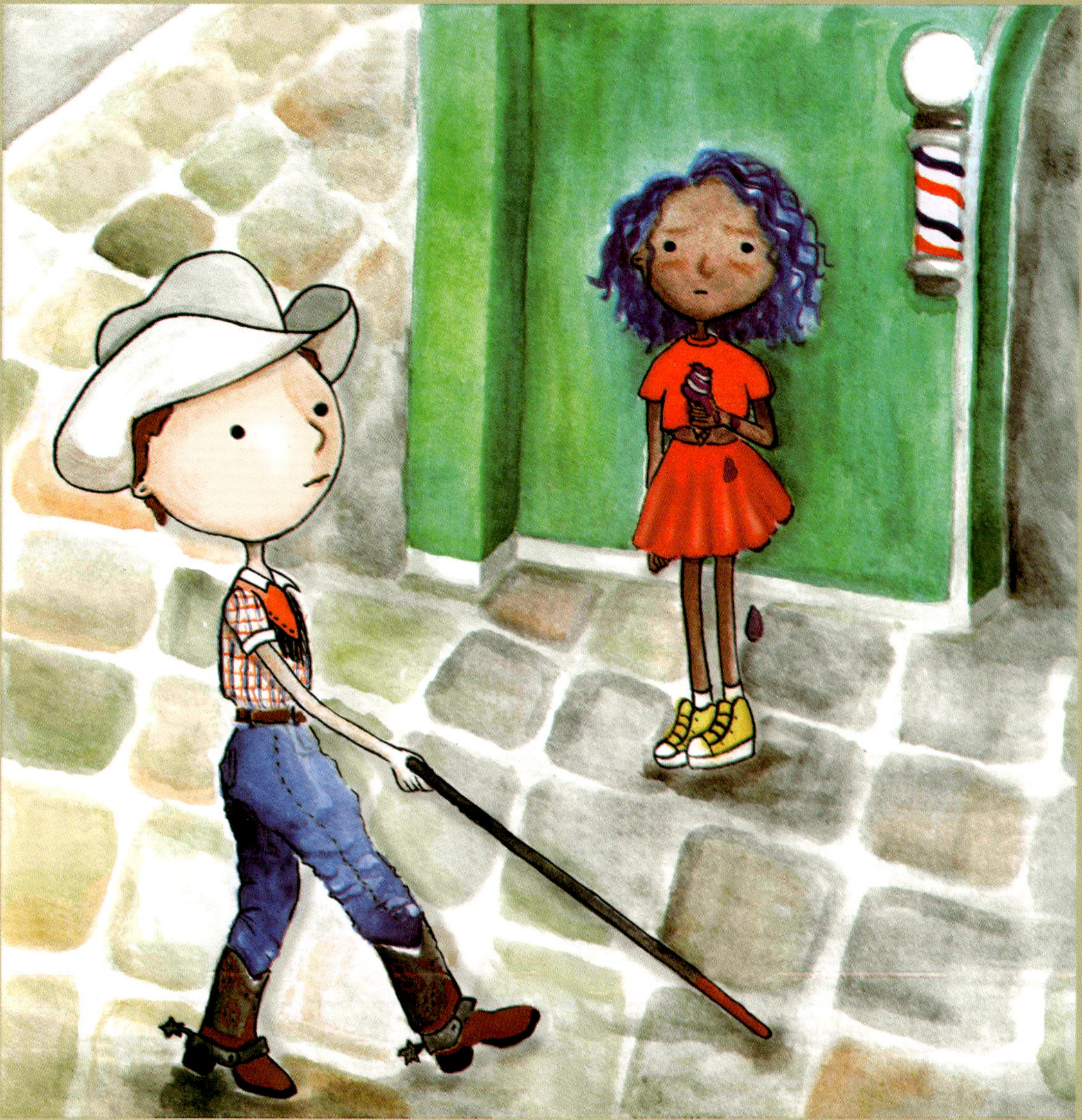

14

Anamaria, no outro dia, enfureciiiiiiiiida,
pôs o pé para ele tropeçar... foi um tombo de amargar!
Então disse a ele:
— Isso é por você não me notar!
Ele levantou, sem muito compreender o gesto,
e iniciou logo o seu protesto:
— Ei, menina! Qual é o seu problema?
Eu não ignoro ninguém...
meus olhos é que não veem!

A menina ficou espantada!
Percebeu ali que nunca havia sido desprezada.

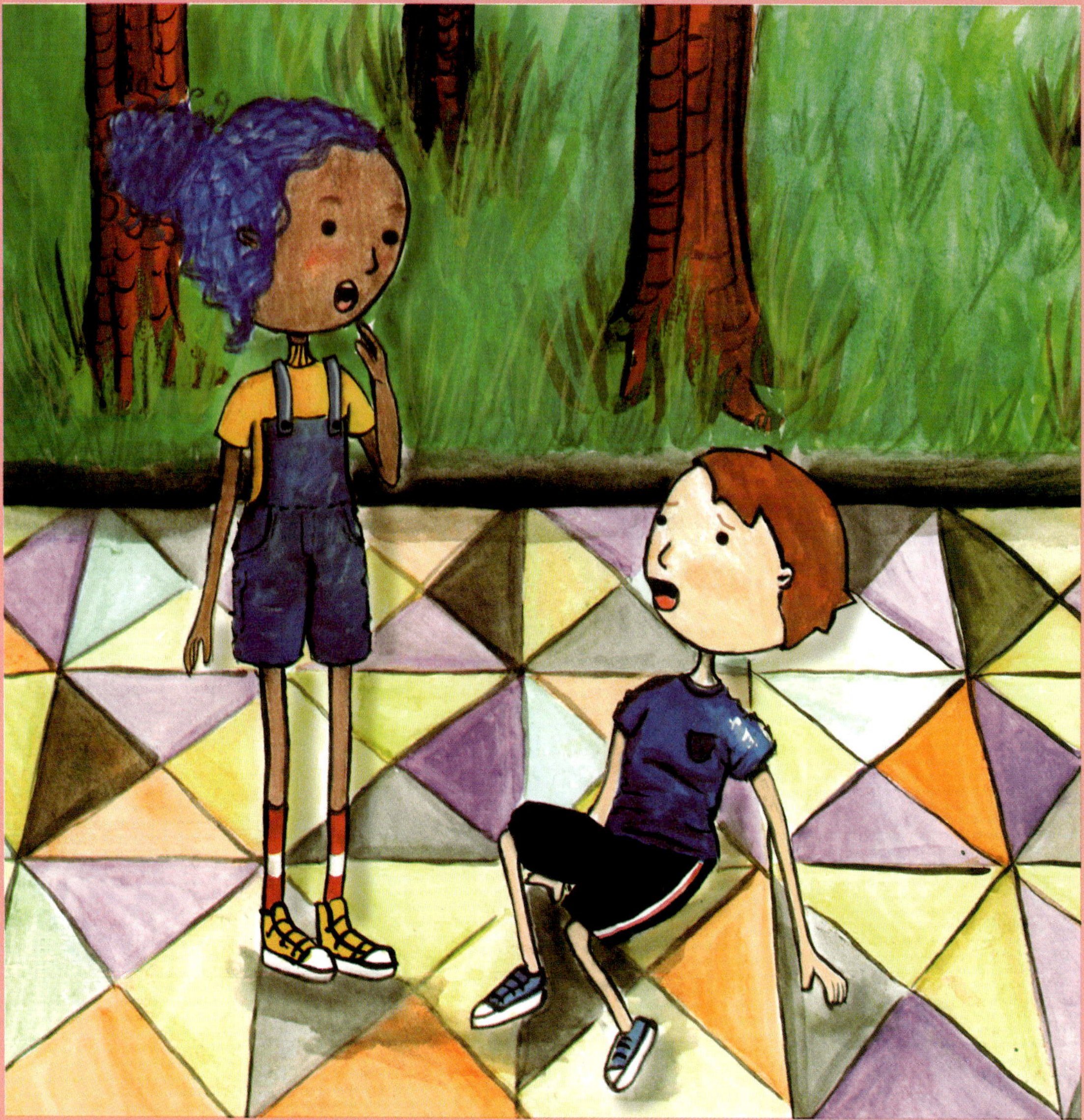

– Sabe, eu venho te ver todo dia...
muito prazer! Eu me chamo Anamaria!
Ele, por sua vez, um pouco atrapalhado...
– Sou Marcos... – respondeu com um sorriso largo.

– Ei, me desculpe. – disse ela,
com sua blusa amarelada.
Ou era a vergonha, no seu sorriso estampada?

– Tudo bem! – respondeu ele, rindo daquela situação inusitada,
acostumado a nunca lhe dirigirem a palavra.
Ela estava meio tonta... confusa e encantada.
Viu finalmente a chance de, por ele, ser olhada.

Trocaram as primeiras palavras encantadas.
Ele, que sempre tocava as flores, pediu para tocar o rosto dela.
Ela, um pouco acanhada, permitiu que a tocasse.
Adorou seu toque delicado.
Foi logo pedindo:
– Quer ser meu amigo?

– Sim! – disse ele.

19

E o tempo passou...
e algo fantástico aconteceu!

Ela, de invisível, para ele, que não enxergava, visível ficou...
através de seus olhos, fez ele o mundo observar.

Juntos, conseguem ser mais fortes
e, como num balão, podem mais alto voar!

Sobre a autora

Anamaria Pereira Moreira
Nasceu em Brasília, no Distrito Federal, mas reside no Rio Grande do Sul desde os quatro anos de idade. Sempre gostou de ler e se apaixonou pela disciplina de Literatura no Ensino Médio. Por esse motivo, fez vestibular para Letras e segue esse caminho até os dias de hoje, fazendo doutorado na área pela Universidade Federal de Santa Maria. É mestre em Letras pela mesma instituição. Apaixonada pela arte em geral, ama colecionar histórias dos lugares por onde viaja. Apaixonada por livros, acredita que, se tiver sido capaz de iluminar uma criança triste com suas histórias, estará satisfeita. Este é seu segundo livro publicado, além de *Giulianna, a bruxinha vegana*.

Sobre a ilustradora

Mariane Moser Bach

Cresceu na pequena cidade de Crissiumal, no Rio Grande do Sul, mas, há quase dez anos, reside em Ijuí, no mesmo estado. Não importa onde esteja, seu coração vive nos reinos encantados, perto de Macondo e na mesma órbita do asteroide B612. É graduada em Letras pela Unijuí e mestra em Educação nas Ciências pela mesma instituição. Apaixonada por literatura, acredita no poder transformador da poesia e da educação, motivo que influenciou sua escolha de ser professora. As artes visuais também estão presentes em sua vida de maneira muito significativa. Desde criança, adora desenhar, inspirada por músicas e histórias. Este é o primeiro livro que ilustrou.

Esta obra foi composta em Museo e
impressa pela gráfica Meltingcolor em offset
sobre papel couché fosco 150 g/m² para a
Saíra Editorial em agosto de 2021